そして今、あったかいラーメンを作っています

Mom, do you still see now

Due Italian（ドウェ イタリアン）

石塚和生

目　次

3章 僕を支えてくれた出来事、そして人生の師と仲間たち

4章 レストランであった心あたたまる出来事、そして別れ

5章 強くなれたら、つらさを感謝に変えられる

本文写真／大森博介

プロローグ——今、僕がここにいる幸せ

●負けなかったから今日がある

今、僕はここにいる。ここに到達するまで、よく生き残ってきたと思う。

僕の店は、東京は市ヶ谷に本店がある。

靖国神社に近いこの通り。毎年咲く桜の花を見ながら仕事ができることを幸せに思う。

桜はどんな災難があっても、どんな悲しいことがあっても、何も無かったように、あたり前の顔をして咲き、人の心をあたたかくしてくれる。

僕もこの桜のように、強く優しく生きていきたい。


僕の半生は多難だった。まるで走馬灯のように、さまざまなことが頭を駆け巡る。

私生児として生まれ、五歳で母を亡くし、他人の家をタライ回しにされて、実の

父親を知ったのは小学校五年のときである。

高校生のころから皿洗いのアルバイトで自立。見習いからスタートして料理人になり、ひたすらその道を歩きつづけてきた。イタリアンのシェフとして店を持ち、それをどんどん大きくして、最終的には六店舗を経営する料理人、そして経営者となった。その道中で、イヤというほどの挫折感も味わった。

でも、負けなかったから今日があると思う。

料理の道だけは踏みはずさないでここまで来た。

僕が今あるのは、自分の努力よりも、僕の周りにいたたくさんの方々が注いでくれた愛情のお陰だ。「ありがとう」の言葉だけでは表わすことのできない感謝の思いが込み上げてくる。

テレビ番組の企画『ラーメン道』に出演したことで新しい道が開け、今につながっている。

今までの僕は仮面をかぶって生きてきたように思う。

人生を冷静に振り返ることのできる年齢に達した今、すべてをこの本で吐き出すことで、僕自身の残りの人生を素直に、誠実に生きていけるような気がしている。

半生を包み隠さず書くことによって、今、この時代に生きづらいと悩んでいる人たちに、若者たちに、少しだけでもメッセージを送ることができればと思う。

一本の道を、一歩ずつ一歩ずつ歩みながら、ただ生きさえすれば、必ず前方に光が見えてくるよ、というメッセージと、そして、いい仲間が増えていくよ、というメッセージを。

あなたが人生のでこぼこ道を歩きながら、つらい毎日を送っているのであれば、少しでも力になれればと、切に思っている。

これまで多くの方々に、たくさんの迷惑をかけ、そして支えていただいてきた僕である。償いをしたい、恩返しをしたいという気持ちでいっぱいである。

こんな僕でも、何か役に立つことがあるのかもしれない。

この本と出会ってよかった、と思ってくださる方があれば幸せである。

1章
『ラーメン道』からの再出発

●ラーメン道

「どんぶり一杯のフルコース」が僕の目指すラーメン料理人として、一品にこだわる味づくりは大きな魅力

テレビ番組『ラーメン道』番組に出演したことは、とてもいい経験になった。

まず、ラーメンというものに出会えたことである。

ラーメンには、僕が二〇年間やってきたイタリア料理のパスタとの関連性がある。

また、テレビの影響力の重さである。お陰で僕の顔と名前が知られるようになった。これにはプラスとマイナスがあるが、プラスのほうが断然大きい。

そして、全国から集まった仲間たちと出会えたことは、すごく楽しかった。

最終的な選考の結果、僕ははずれたが、二年後にラーメンの店を始めることにつながった。

イタリアンといえば、パスタが主流だが、昨今はさまざまのイタリアン料理がレ

一杯の丼に心を込める

ストランのメニューに加わり、あたかも人気メニュー作り合戦のような状況にある。

お客さまのほうも、それぞれのレストランのオリジナル・メニューを楽しみにしている。

正直なところ、僕はその時代の流れについていけないな、という気持ちも強かった。

もともとラーメンといえば、ちょっとお腹がすいたなと思ったとき、のれんをかきわけて入るという気軽な腹ごしらえというものである。

パッと店に入って、パッと帰るとい

う、いわゆる大衆に愛されてきた一品。

ラーメンというのは子どもからおじいちゃん、おばあちゃんまで食べて評価する。「美味かった」「不味かった」のどちらかで答えが出てくる。

作る側からいうと、これは恐ろしいことで、白か黒かのどちらかである。赤や青はないから大変だが、それだけに作り甲斐はある。

一品勝負できるラーメンは魅力的だ。それはまさに「自分の味」作りでもある。

ラーメン職人の血が騒ぐといえばオーバーな表現かもしれないが、僕はそんな魅力を感じたくてラーメン道に入った。

それは間違いではなかった。

ラーメンの世界も、豚骨スープが主流のなかで、個性的な味づくりが一般的になっている。インパクト重視である。そのことがラーメンブームを作りあげたのだから、僕がとやかくいうことではない。

かつての醤油ラーメン、塩ラーメンはシンプルだが飽きがこない味だ。

インパクトの強い味か、シンプルな味か。どちらがうまくて、本物の味かとはいえないが、僕が目指すラーメンは、キャッチコピーをつけると、こんなぐあいだ。

「どんぶり一杯のフルコース」

僕がイタリアンから、ラーメン道を目指した理由もそこにあった。

●本来の味

「もう迷うな。ラーメンでもイタリアンでもいい。

自分の料理を作り続けろ」


料理人として、一品にこだわる味づくりは大きな魅力である。

僕はもともとイタリアンだったから、ラーメン本来の味に戻ってみようと思った。醤油ラーメン、塩ラーメンに関しては、あとあとまでずっと残るシンプルで飽きのこない味を目指している。

この麺は、私のわがまま通りに素晴らしい麺を作ってくれるM製麺の社長との出会いがあったからこそできた一品だ。

あるとき、寿司屋でご馳走になった折に言っていただいた、佐野さんの言葉が思い出される。

「もう迷うな。ラーメンでもイタリアンでもいい。自分の料理を作り続けろ」

その言葉は、いつも重く僕の胸の中に響いている。

僕は、自分のもてるすべてを料理づくりに賭けていこうと思った。

心をこめて、お客様に喜んでもらえる料理を作っていこうと思った。

もう迷いはなかった。

●「普通のラーメン」って？

かじかんだ手をさすりながら健さんが「ラーメン食いに行っか？」と仲間にいうその笑顔から、ラーメンのかたちも湯気も想像できる

ラーメン好きが高じてラーメン店主になる方が昨今多い。

そのほとんどはラーメンを〝食べるのが好き〟だからではないだろうか。

でも僕は、ラーメンを〝食べるのが好き〟なのではなく、〝作るのが好き〟でこの業界に入った。まして、流行に乗ったわけではない。

寸胴鍋にあらゆる材料を入れ、火加減を絶えず見、さてどんな味になるのだろう、まして途中で味付けなどできない、こんな奥が深く料理人として魅力的なことはない。

あるお客様がいった。「普通のラーメンね！」

普通のラーメンって何だろう……。

また、「石塚が作るラーメンは、もっとイタリア風だと思った」ともいわれた。

「風《ふう》」は絶対に本物ではないし、僕が求めてるものでは絶対にない。

僕の店は意外と思われるかもしれないが、お年寄りのお客様が大変多い。

「やっと私たちが食べられるラーメンを見つけたわ……」そんなお婆ちゃんの笑顔がうれしい。

高倉健さんの映画のシーンで雪の中、かじかんだ手をさすりながら健さんが仲間に「ラーメン食い行っか？」という。

その優しい笑顔からラーメンのかたちも温かい湯気も想像できる。

僕はそんなラーメンを作りたい。


他業種参入の増えたラーメン業界。良いも悪いもいったいラーメンという食べ物はどんなかたちになっていくのだろうか……。

らーめんでも食べに行く？
口ずさんだら笑顔になれる

イタリアンシェフとして二〇年。
イタリアンにはイタリアンの、ラーメンにはラーメンの文化がある。
料理としてのコラボには絶対に越えられない一線がある。
お互いに完璧な形で演出することがどれだけ難しいかもわかっている。
しかしそれを追求することは、互いの料理に対する僕なりの敬意だと思う。

●高校一年からアルバイト

遺跡発掘手伝いから、漬物売り、何でもやった
アルバイトすることで、生きることにたくましくなっていった

僕は、もの心ついたときから、早くひとり立ちしようと思っていた。

アルバイトを始めたのは、高校一年生の後半からだった。

最近の子たちには、職種も広範でさまざまなアルバイトができるから、お金を稼ぐ手段をたくさん持っているけれど、当時のアルバイトといえば、食堂の皿洗いとか、新聞配達ぐらいしかなかったのではないだろうか。

僕は、授業料も自分で稼がなければならなかったので、全日制の高校に行きながら昼間からバイトをしていた。

アルバイトなどで経済的に自立している生徒には、とても理解のあった学校で、授業中寝ている僕を起こしたりしなかった。

先生が順番にあてていって、僕の番になるといつも言う。

「あっ、寝てますね。飛ばしてください」

また、ある仲の良い先生は、「タバコはトイレで隠れて吸うなら職員室で吸うように」と注意されていた。

徹底していたのは、授業中に勉強しているヤツの邪魔をすると怒られたことである。今思えば、良いのか悪いのかわかりませんが、僕にとっては〝イイ学校〟でした。

僕たちワルはワルで固まっていたから、真面目なヤツらとは一線を画していた。だから、今のようないじめとか、そういうのは全然なかった。逆に弱いものをいじめるヤツらは絶対に許さなかった。

あの頃はワルであっても、あまり大きな事件など起こさなかったし、ワルの看板を背負いながら、それなりにやっていいことと悪いことを識別していたように思う。

周りには覚醒剤やシンナーをやっているヤツもいたけれど、僕はできなかった。

僕自身、高校生ながらアルバイトをすることによって、生きることに少しずつたくましくなっていったように思う。不思議に「学校は行かなきゃいけないんだ」なんていう考えがあって、入学時には「ちゃんと卒業するぞ」と考えていた。

基本的には、真面目だったし、そんな〝余裕〟がなかったというのが本心かもしれない。

アルバイトの職種は、遺跡発掘手伝い、電気工事手伝いなど何でもやった。

そうだ、こんなアルバイトもした。

漬け物売りのバイトだが、東京の青梅方面を回りながら、

「東北から来た漬け物売りです！」

なんてやっていた。そこの会社の社長から、

「東北弁を勉強してくれ」

と言われ、第一日目は東北弁やなまりを学ばされ、翌日から青梅方面を回った。

確か、千円の漬け物を一個売ると、三五〇円くれた。

今思うと、これも懐かしいバイトだった。

●コック見習い・初めての涙の給与
「自分で働けば自分で生きていける」
お金を手にしたとき、涙がとまらなかった

料理作りの手伝いというか、コックの見習いをやって、初めて自分でお金を稼いだとき、自立心のようなものが、僕の中で確立できた。

そして、このころから「働くぞ」という気持ちがさらに強くなっていく。

コックの見習いという仕事は、皿洗いから始まり、料理作りの手伝いである。時給三五〇円で一カ月働いて、六万円くらいのお金をもらったとき、

「あ、自分で働けば自分で生きていける」

と初めて気づいた。そのお金を手にしたとき、僕はすぐに家を出て、高校は三年の三学期が始まるというときに退学した。

「あと、わずかじゃないか。がんばれよ」

と、友だちは励ましてくれたが、バイトが忙しくて高校卒業にそれほどの執着心はなくなっていた。高校生でコック見習いになって自活したときからずっと、仕事をして生きていくことで精一杯というのが的確な表現だと思う。

ただ、このときは生きるためにバイトしていたのであって、料理に目覚めたのはずっとあとのことである。

そのころバイト先では、「何だ、学生か」という気風があった。その言葉から、「半人前」という意味が伝わってきて、「クソッ！」と思ったことが何度もあった。

高校をやめようと決心したのは、「学生か」への反発もあったと思うけれど、学校とは人生の進路を決める通過点だと思っている。

普通だったら何をやりたいかが進路だが、僕の進路は「ひとりで生きていく」だった。

それが決まった以上、未練はない！

●三カ月間のホームレスの後

ようやく借りられた吉祥寺駅近くの六畳のアパート
入れ替わり立ち替わり仲間が出入りしていた

アパートを借りる資金を貯めてから家を出るのが常識というものだが、僕はそうしなかった。家は出たもののアパートを借りるまでの三カ月、店が終わってから帰る家もなく、働いていたレストラン近くにあった井の頭公園で寝た。また、雨の日は山の手線の始発に乗ってグルグル回っている間に寝たりしていた。

まさに、家賃を貯めるための三カ月間のホームレスだった。パジャマの代わりにコック服を着て公園のベンチで寝ている十八歳の少年。

今考えてみると、妙な光景だったと思う。

ホームレスというと、風呂にも入らないと思われがちだが、僕は店の休憩時間を利用してちゃんと毎日銭湯に行った。

そのころは、だれの世話にもならず自分の力で生きているという充実感があった。ただ、自分の家がないだけで、まかない付きのアルバイトで食べることにコト欠くことはなかった。

今なら、家出した若者たちが、カラオケボックス、友だちの家、マンガ喫茶などで一夜を明かすといった選択肢もあるだろうが、当時はひとり暮らしの若者などいない時代だった。

そして何よりも、これ以上他人の家に世話になるのは嫌だった。

三カ月後にようやく、吉祥寺駅の近くの六畳一間にキッチンとトイレがついたアパートを借りた。家賃が三万六千円だったことを今もまだ覚えている。

そのアパートには、入れ替わり立ち替わり仲間が出入りしていて、カギも開けっ放し。

歯ブラシが二五本あったこともある。色で分けていても、いっぱいふえてくるからどこのメーカーのどの歯ブラシなんていっていた。

●ワルの仲間

僕だって何度かワルの道へ入ろうかと悩んだ
だけど「悪い向こう岸へ行っちゃいけないよ」と自分を制御できた

帰宅すると部屋に誰かがいるという感じだった。この時期は楽しかった。

今考えると、仲間が欲しかったんだと思う。常に仲間がいるといううれしさ。僕の身辺の世話も後輩がやってくれていた。

家庭的に不幸で、グレて、暴力団に入ったり、ワルをやっている人がいるけれど、僕にはできなかった。

だって、帰る場所もないから自分で働かなきゃいけないし、逆に生い立ちが悪いと真面目にやっていかないと生きて行けないじゃん。

僕だって、何度かワルの道へ入ろうかと悩んだこともある。

暴走族にも加わった。土曜日の夜になると、バイクで街流し。

あのとどろく音をかきたてて仲間と走ることは快感だった。
「格好いい先輩と言われたい」、そんな気分もあった。
一年間くらいはワルの仲間に加わっていた。
ところがあるとき、「ちょっと待てよ」と自分を客観視した。
「悪い向こう岸へ行っちゃいけないよ」
と自分を制御できた。
というか、ワルの道には行く勇気がなかったんだな、きっと。

●修業時代

自分で味を盗み、勘と創意工夫で腕を磨いた
二十五歳のころにはチーフと呼ばれる立場で料理作りもした

コックの修業というのは厳しいと相場が決まっている。

手取り足取りで教えてくれるなど、とんでもない。火を使うようになったコックは、もう火傷など当たり前。まあ、下手だから火傷もすることになるのだろうが。

料理人というのは、総じて無口な人が多いから、黙々と料理を作る。

「これ、何が使われているのでしょうか?」

などと言おうものなら、ビンタのひとつもくらう。

結局、自分で味を盗むことしかないのだ。

火を使わせてもらえるようになるには、その環境によって違ってくるが、かなりの時間がかかる。順序からいうと、洗い場から切りもの、そしてストーブ前といっ

て味付けをするところ。誰もがそういう修業を経て一人前になっていく。

高校生の十六歳でアルバイトとして始めてから店もいくつか移り、二十五歳のころにはチーフと呼ばれる立場で料理作りもした。本格的な修業コースを経るというより、自分の創意工夫で腕を磨いたといった方が合っている。

カッコつけた言い方をしましたが、生意気なガキすぎて、何も教えてもらえなかったのが、真実だったのかもしれない（笑）。

2章

僕の生い立ち——いつも母を求めている家なき子だった

●プロフィールを隠していた僕

僕は家庭に恵まれずに育った
幼いころから自分をしっかり見てくれる人がいなかったから
自分で自分を見つめて生きるしかなかった

テレビの『ラーメン道』に出演するときに、プロフィールを提出するように言われた。

しかし僕は本当の自分の過去を知られまいと、かたくなに隠した。

番組の印象も、セレブのシェフの役柄を通したのである。

すべてを公開すれば番組では脚色して放送するだろうし、他のメンバーにも知られてしまう。それは絶対したくなかった。

よく、犯罪が発生すると、犯人の生い立ちや背景が詮索される。

僕は家庭に恵まれずに育った。しかし、家庭に恵まれないから非行に走るという定番は、僕に言わせればウソである。十代の終わりころ、僕もよく暴走族の集会に出ていた。

仕事を持っていた僕は、当然、朝からの出勤なので集会の途中から帰った。家賃は自分で働いて払わなければならないから、自分で自分を守るほかなかった。周囲のほとんどがいわゆるワルだったが、誘われて右に行くか左に行くかという選択は僕にはなかった。きちっと生きようという気持ちが強かったので、その辺でメリハリがあったのだろう。ちゃんと仕事をしよう、ちゃんと部屋で寝よう、が先に立った。

それまで自分の意思で思うように生活できない環境で生きてきたから、仕事をして稼ぐことによって、誰にも遠慮せずに自分で生きることを優先した。自立することに新鮮味があったのかもしれない。

幼いころから自分をしっかり見てくれる人がいなかったから、僕は自分で自分を見つめて生きるしかなかった。

だから、自分の中に第三者の自分を常に作っておくようにしていた。

その第三者的判断の基準は、いつも僕を見てくれていると信じていた亡き母親にあったという感じがしている。

これは年齢を重ねるにつれて、何となくわかってきたことだけれど。

●記憶

昔、捨て子は寺に置いて帰ったものだという
夜通し寺に置かれていた僕はその理由を大きくなっても聞いていない

僕の母は栃木県宇都宮市出身で、父とどのようにして出会ったのかは知らない。

僕は母と二歳のころまで名古屋にいて、それから東京の板橋に移り住んだ。

当時の唯一の記憶は、夕陽の当たるお寺でひとり寝ている光景である。お寺は住職のいない無人の寺だった。

なぜ、お寺で二歳の子どもが一晩中寝ていたのだろうか。

昔は捨て子するときは、寺に置いて帰ったものだという。夜通し寺に置かれていた僕は、その理由を大きくなってからも聞いていない。

しかし、幼な心に、お寺で一晩過ごしたことは鮮明に残っている。

東京へ移り住んだ母と僕は、母が亡くなるまでの三年間、板橋で暮らした。

僕の知る母は、いつも病気がちの母である。

誕生日になると、あるイメージがふと浮かぶ。母が僕を産み落とした瞬間である。

病魔に冒されていた母がたったひとりで、命を賭けて僕を生んだ。

父親のいない子を生む母に、喜びの笑顔があったのだろうか。

母の記憶は断片的だが、「血を吐いていた母」と「よく怒っていた母」である。

血を吐いた母の苦しそうな姿は、なぜかしっかりと記憶に刻まれている。

後で死因を聞いてわかったことだが、乳ガンに侵されていたというから、そのせいだったのだろうか。ガンという病気が吐血するかどうかは知らない。

怒られてばかりいた僕は、ガキ大将だったようで、近所の子どもが泣いているのは、必ず僕の仕業だったらしい。

この頃の写真は、笑っちゃうくらいやんちゃな顔をしている。あまりやんちゃだったので、ヒモで木にしばられたこともしばしばだったらしい。

いたずらも幼稚で、人の家の屋根から屋根へ飛び移って、消防署からハシゴ車が来たり、線路に石をならべて電車を止めたり、まるで「サル」だ。

昼になってご飯を食べるために家に帰ると、

「カズオ！　どうして友だちを泣かせてばかりいるの！」

と、フトンの中から母はいつも怒っていた。

ご飯を食べにと言うか、縁側で口を開けている僕の口にご飯を入れていたみたいである。

●母の死

僕が五歳のとき母はガンで逝った
人が死ぬって、どんなことかわからなかった

乳ガンの母は、築地の国立がんセンターに通院していた。

なぜ、病院へ行くのか、母には教えてもらえなかった。

ただ、母に連れられてがんセンターへ行くと、地下の売店でおにぎりを買ってもらえたので、母と一緒に食べるのが楽しみだったのを覚えている。

その後、近くの病院に入院した。そして見舞いに行くことになっていたが、会えないうちに木棺が病院から届いた。

それが何であるのかを僕はわからなかった。

大人たちが淡々と葬式の仕度をしているのを、ただじっと見ているだけであった。

人が死ぬって、どんなことかもわからず、

「これ何？　何が入っているの？」

と、僕は周囲にいた大人たちに聞いて回っていたらしい。

今思えば、みんなどれだけ辛かっただろうと思う。葬式が終わった次の日も、

「お母さんのところ、いつ行くの？」

と聞いていた。それから半年くらいしてから、母がもういないことに気づいて、

「わーっ」と泣いた。もう会えない、この世にいないんだという死の事実が、五歳の子どもにもやっとわかったのだろう。母の死に顔を見た記憶がない。

母の死によって、僕の身辺にも変化が起きた。

母の死すら実感していない五歳の僕には、そのいきさつを知るよしもない。

母が亡くなってからしばらくの間、僕は母の三人いた姉妹の家に預けられて育った。

たった一枚だけある母との写真（母 27 歳。3 カ月後他界）

●タライ回し

一日中泣いていた。次は誰の家に引き取られるのか
ただ不安なだけで涙が出てくるのだ

のちに実の父親が現れ、連れていかれるが、それはあちこちの知り合いの家だった。

五、六歳の子どもが、それまで知らなかった家族に引き取られ、ご飯を食べさせてくれる人を「お母さん」と呼ぶ。それにどれだけ小さな心を遣い、どれだけ辛いことか。

そのころのことを思い出すと、一日中泣いていた自分が目に浮かぶ。

子どもが泣くということは、痛いとか、寂しいとか単純なキッカケだと思う。

でも、一番不幸なことは、人と接していない時間が長いということだ。

虐待とか、怒られるということは、もちろん大きな苦しみはある。しかし、あくまで自分のそばに人がいるということだ。

しかし、今後どうなるのだろうか、次は誰の家に引き取られるのだろうか、生きていけるのだろうか、と一人で考える複雑でわけがわからない日々。体は痛くもないし、何でもない。

ただ不安なだけで涙が出てくるのだ。

子どもは「むなしい」という言葉を知らない。だから、その気持って上手に表現できないけれど、きっと、そんな気持ちだったんだと思う。

これは、子どもを持つ方に声を大にして言いたい。子どもには絶対にむなしいっていう気持ちを感じさせてほしくない。

その後、小学校四年まで、他人の家をタライ回しされた。よく、親戚のタライ回しは聞くが、僕の場合はあくまで他人の間のタライ回しである。何度か転校もした。

引き取られた家でしばらくたつと、そこのおばさんを僕は「お母さん」と呼ぶよ

子どもは〝むなしい〟って言葉を知らない
だからその気持ちだけは感じさせてほしくない

うになっていた。こびる気持ちはまったくなかった。

その環境にやっと慣れてくると、素直にお母さんと呼ぶことができるようになる。しかし、せっかくお母さんと呼べるようになり、家族の一員になったと思っているると、また別の家へ引き取られる。まるで犬や猫と同じである。その繰り返しであった。

学校も一〇回は変わった。

●生きるすべ

「お前、いつまで僕んちにいるんだよ」

大人になった今だから、その子に「本当にごめんね」といえる

ある家に引き取られたときのことだ。

その家には、二つ下の男の子がいたのだが、とにかくひどかった。

ある日、砂場で遊んでいると「あそこまで飛べるか？」と言われた。

言われた通りにしたら激痛が走った。何と、砂の中にコマを隠していたのだ。

軸の部分がかかとに突き刺さった。あまりの出血のひどさに、近くにいたおじさんが僕を抱えて病院に連れていってくれた。

当然のことだが、家の人から怒られたが、本当のことは言わなかった。その後も、

「お前、いつまで僕んちにいるんだよ」

と言われ、痛めた傷口を毎日金づちで叩かれた。

「僕は大工さん。これで早く治るよ」と。

不思議なことに痛みをこらえながら、叩かれると治るという言葉を信じていた。

その子は本当に治してあげると思ってやったのだろう。

その子の本心だったと思っている。

そして、大人になった今だから、その子に「本当にごめんね」と言える。

「ごめんな。やっぱり知らない子がいきなり家にくれば、不安になるよね。お父さ

ん、お母さんの愛情を一身に受けていたところに僕が邪魔して、七カ月だったけど、一緒にいてくれたね。ありがとう」

また、学校の近くの池で、誰かに僕が突き落とされたときのことだった。突かれてとっさにおばさんの着衣をつかんだ。二人とも池に落ちてしまったのである。

ズブ濡れになって家へ帰ったおばさんが、家族に言ったことといったら、

「この子に池に突き落とされた!」

だった。僕は弁解しなかった。

というか、弁解できる身分じゃないのを子ども心に感じていた。

それまで、あちこち他人の家に引き取られて育った僕は、人の言うことを何でも聞いた。子ども心に、そうすることが生きるすべだと体得していたのかもしれない。

●おじさん

引き取られる家は「あの人」の知合いの家ばかり

「あの人が父親なんだ」ということは中学生になってから知ったのだが

施設にも預けられた。施設のことはかすかに覚えているが、楽しかった。

よく「施設育ち、施設育ち」って大人は言うけれど、施設にいて泣いた記憶はない。

一緒に寝られる友達がたくさんいるってことがうれしかった。人というか、同じ仲間がたくさんいるから。

人は絶対に人といっしょにいなければいけないと思う。安心するんだ。

僕が泣いているのは、ひとりぼっちのときだった。

僕が引き取られて暮らす家は、「あの人」つまり、父親の知合いの家ばかりだった。

男のプライドがそうさせたんだろうか。「あの人が父親なんだ」ということは、ずっとあと中学生になってから知った。

彼のことは、「スガキヤのおじさん」と言っていた。

普通の人にはごく当たり前のことだけど、僕にとっては「ごく普通のこと」が体験できないまま育ったことになるが、自分が不幸だと思ったことがない。

自分の本当の父親が「スガキヤのおじさん」と呼んでいた人だったと知ったときも、あまり驚かなかった。普通なら荒れる場面だろう。

成長とともに、いろいろな情報が耳から入ってきて、何となくわかってきて、「おじさん」が、いつの間にか「実父」になっていたりするのだから。

奇妙といえば奇妙だけど「えっ?」ということはなかった。

成長していくにつれて、自分の今までのことがすべてわかるようになったが、改めて彼を「お父さん」と呼ぶこともなかった。今までのままの生活だった。「お父さん」と、言っちゃいけないという考えの方が強かったように思う。

東京の池上の、ある家で暮らしていたときだった。

僕もその家の人たちが好きで、本当に初めて幸せを感じていた。

「家の子にするからね」

と言ってくれていたので、

「うん」と言いながら、涙が自然に出てきた。手続きまでしてくれていた。

ところが、そこへあの人がやって来て、また別の家へ連れて行く。

このときのことはよく覚えている。

「日曜日は遊園地に行くからね」

と家の人に言われて、その日を楽しみにしていた。

その日、遊園地で遊んだ帰り際に、

「ここで待っててね」

と言われた。それがその家族との最後だった。

子ども心に状況がわかった。二時間待った……。

そして、あの人の、あの車に乗せられてまた別の家に預けられる。

●疑い

高熱を出してひとりぼっちで生死をさまよったことも
食べるものが何もなく、水だけ飲んでいたのだが、
父は一週間も帰ってこなかった

小学生のとき、病気でひとりぼっちの一週間を過ごしたことは、やはり忘れられない記憶として焼きついている。泣くことすらできなかった。

小学校三年ぐらいのころ、父がひとりで借りていたアパートに連れていかれたことがあった。当時、田町から池上の小学校まで電車で通っていたが、電車賃をもらえず、大好きな学校へも行けなかったりした。

というのは、父はときどき食べるお金も十分与えずに僕をほっておいて、一カ月くらいどこかにいなくなってしまうからである。

当然、エアコンなどなく、寒い季節だったけれど布団もなくて、夜、寒くて震えていた記憶がある。

原因不明の高熱が出て、もう歩けなくなり倒れてしまった。食べるものが何にもなくて、水だけ飲んでいたのだが、父は一週間家に帰ってこなかった。

父が帰ってきて、僕が倒れているのにビックリして病院に連れていった。

幸い、何日か入院して元気を取り戻した。そのとき僕はこんなことを考えていた。

「ここで、この子を殺してしまったら、たぶん事件になるだろう、だから……」

なんて子ども心に思う。今思えば自分自身が恐ろしい。

親に対して、そんな感情しか持っていなかったということだろう。

いや、親の気持ちを子ども心に読んでいたということだろうか。

「あ、帰ってきてくれて命が助かった。よかった」とは思ったが「この人は優しいんだ」という気持ちはなかった。

でも、あの人にもし何かがあって見捨てられ、置いてけぼりにされてしまったら死んでいただろうと思っていた。父を許せないと思った記憶はない。

●「朝までどこかで遊んで来い！」
夜になって東京タワーに行った
夜が明けるまで芝公園で過ごそう

これも小学校三年のころの出来事だが、警察に補導された。

その日、いつも通り夕方家へ帰ると、父がいて「朝までどこかで遊んで来い！」と言われた。仕方なく僕はカバンを置いて家を出た。どうやら、家にはお客が来ていたようだ。

誰だかはっきりはわからなかった。その足で家の近くをブラブラと歩き回った。

「今夜は帰る家がないな」

夜になって東京タワーへ行った。そして夜が明けるまで芝公園で過ごそうと思っていたら、夜更けになって警察がやって来て、パトカーに乗せられた。

署内の部屋に連れて行かれて身元調べである。

「ボク、どこから来たんだ？」

「近くです」

と言うと、お巡りさんはキョトンとした顔である。

「何だって？　近く？　タワーの近くかね」

「はい」

「何で、家に帰らず、タワーにいたんだ？　言ってごらんよ」

お巡りさんに理由を聞かれても、僕は本当のことは言えなかった。

「黙っていてはわからないじゃないか」

お巡りさんは、少しイライラしだしたので、僕は父に怒られるのを覚悟で、住所と電話を言った。しばらくたつと、父が警察へやって来た。僕の顔を見るなり、殴って
「こんな時間まで何やってんだ！」

と怒鳴った。

警察の玄関を出ても、彼はひと言も口をきかなかった。この人に逆らってはいけ

ないんだ。僕は何も言わなかった。彼は僕を養ってくれる人だから絶対だった。殴られた耳は二週間聞こえなかった。それを隠していたから、返事が遅いとまた殴られた。今でも少し右耳が聞こえづらい。

●誘拐？

命を助けてくれたのは、天国のお母さんだろうか、〝僕、まだ生きています〟


学校の帰り道に、車に乗ったお兄さんとお姉さんに声をかけられた。

「お父さんが呼んでるよ」

僕は本当のお父さんに会えるのかと思って、「本当⁉（笑）」と言って車に乗った。赤い小さな車だったことを覚えている。

今ではところどころしか覚えていないけれど、三日位一緒にすごした。福島の海岸、江の島の水族館……不思議な日々だった。

そして家の前で別れるとき、サンダーバードのプラモデルを買ってもらったのを覚えている。

誘拐……大人になってから、その二文字が浮かんで、ふるえた。

その三日の間にどんなことが起こっていたのかはわからない。でも僕は無事に帰れた……。

命を助けてくれたのは、天国のお母さんだろうか。

〝僕まだ生きています〟

自分の命より大切な物は無い
あるとしたら、それはまた……人の命

●実の父の家に

みんなが食べているのに、僕はさっさとすませて食器を洗う
何せあまり歓迎されていないと思うから

最終的には、実の父の家に連れて行かれたのだが、その前におじいちゃんとおばあちゃんが学生寮をやっていたから、そこの一部屋を与えられて暮らしていた。祖父母にはとても良くしてもらった。

連れて行かれた「スガキヤのおじさん」の家には、女ばかり三人の子どもがいた。つまり、僕よりは年上ばかりで、異母姉妹というわけだ。この姉妹とは仲が良かった。

おじさんの奥さんも辛かっただろうなと、今だったら理解できる。子どもの僕には、そんな大人の気持ちはわからなかった。

スガキヤの奥さんのほうからしてみたら、ある日突然、見知らぬ子と暮らすこと

になるのだから災難だったろう。

自分の本当の子どもがいるわけだし、普通の常識から考えると、これはもう異常。

それが日常生活のいろいろな所で、頭をもたげてくるのだ。

みんながまだ飯を食べているのに、僕はさっさと食事をすませる。

自分で使った食器を洗う習慣になっていた。なにせ、あまり歓迎されている子どもじゃなかったから、飯を食べるのも早くて一気に食べる。

好き嫌いは言っていられないから、出されたものはペロッとたいらげる。

美味しいものをゆっくり食べるなど、とんでもない。それまでの生活が、そういう僕を作り上げたのかもしれない。どんな食事でもありがたく食べていた。

自分で自分の食器を洗うなど、僕には食べさせてもらえる感謝の気持ちがあってのことで、他意などまったくなかったのだ。

ところが、奥さんにしてみれば、そんな小さいことが「可愛くない」ってことになる。

言葉で言われたことはなかったけれど、その表情から子ども心にちゃんとわかっていた。

そういうギリギリの暮らしの中で生まれた、自己防衛力みたいなものがあったように思う。

奥さんは、こんな僕に優しかった。「心が広かった」などではない。本当に優しい人だったんだと思う。

ありがとうございました。

●「この子は、外にできた子どもなんです」

「そんなことは聞いていない！」
「何で、こんなになるまで放っといたんだ」
僕のために医者が奥さんを怒ってくれた。子ども心に少しうれしかった
実の父の家に連れていかれた小学校四年のときだった。
子どもの頃は結構熱を出しやすくて、正月に熱を出したので救急車で病院へ運ばれた。
そこで医者が保険証を見て、一緒に付き添ってくれた奥さんに
「あなたは誰ですか？」
と聞いた。
奥さんが
「この子は、外にできた子どもなんです」

と言ったら、

「そんなこと聞いていない！」

と医者はすごく怒った。

「何で、こんなになるまで放っといたんだ」

と、二度も僕のために怒ってくれた。こんなこと初めてだったから、僕は子ども心に少しうれしかったのを覚えている。

当時、僕の心の中にはいつも、

「自分のことは自分ひとりでやらなくてはいけないんだ」

という思いが強かった。

「自分は〝いそうろう〟なんだ」

という気持ちが、タライ回しされて自然に培われたのかもしれない。

●養ってくれている人

母の妹に言われた「どんな人でも、あなたのお母さんが愛した人だから」それがいつも心にあった

小学校四年のころは、病院で「外にできた子どもなんです」と言われても意味がわからないから平気な顔をしていた。しかし、小学校五、六年へと進級していくにつれて、私生児という言葉の意味、それが自分のことだということもわかってきた。父親を憎んだことはないし、だから許したということもない。

子どものころは人を憎むといった余裕もなかった。

大人になってからも、父親への感情は「ああだ、こうだ」と責めることはなかったし、どこかでこれをプラスに変えなければいけないと思っていた。

（憎しみだけの中にいると、自分がそれだけに溺れ、駄目になると思うほうが強かった）

自分でいうのも何だが、中学生でそこまで思えるというのは、ませていたかもしれない。

おそらく僕と同じような育ち方をしている子どもも多いだろうが、人のことを責めてばかりいても何にもならないよと、体験者としてアドバイスできる。

プラスの方向に自分を変えると、生きることが意外に楽になるから。

あの当時の父親とか、養ってくれている人というのは、僕にとって絶対だった。

今の子どもたちのように、自分に少しでも不満だというと親に文句をいったり、暴力をふるったりするなど考えられない。

自分の父親が憎いから、気に入らないからと、ぶん殴って勝ったところで何が残る？

男が高校生にでもなれば、体力的に親父とケンカしたら勝てるかもしれない。

勝てるとわかっているケンカでも、できない相手っているものなんだ。

この人、傷つけちゃいけないって気持ち。それが僕の父親への気持ちだった。

そして、母の妹のいったこと、

「どんな人でも、あなたのお母さんが愛した人だから」

そのことはいつも心にあった。

人並み以上にさまざまな体験をしてきたけれど、僕は苦労したとは思っていない。

むしろ、その体験がなかったら、現在の自分はなかったと思う。

どんな人でも母が愛した人だから

●白いカーネーション
母のいない子には「母の日」は寂しく悲しい
その日はず〜っと我慢しているのだ

毎年、五月第二日曜日は「母の日」である。子どもたちは、感謝を込めて母にカーネーションを贈る。

僕にとっての「母の日」は、悲しい思い出だけが残っている。

あれは小学校三、四年生のことだった。「母の日」に担任の先生がみんなに赤いカーネーションを一本ずつ配った。母のいない子には白いカーネーションが渡される。

「おうちに帰ったら、お母さんにあげてくださいね」

という先生の声に、教室には「は〜い」という元気な声が響く。

僕には白いカーネーションが渡された。できるならもらいたくなかった。

花を捨てるような子どもではなかったので、帰り道には、

「あの子、本当はお母さんがいなかったのね。可哀想ね」

といった顔でみんなに見られた。それが無性に辛かった。

そのときお世話になっていた家の母親を、みんなは本当のお母さんだと思っていたのだろう。

お母さんがいないなんて、同級生たちは知らない人も多かったから。

何とも妙な気持ちだった。と同時に、辛くて、悲しかった。

今でも「母の日」が来ると、僕のような子どもの心理を理解できない先生がいるのではと思い、腹立たしい気持ちがつのってきたりする。

母のいない子は、「母の日」と聞くだけで寂しい思いにさせられる。その日はず～っと我慢しているのだ。父親がいる家の子は、父親にも気を遣っているはずである。

何年か前、埼玉県のある小学校で、給食を廃止して「子どもに母の愛を」という運動があった。母親の手作り弁当を食べさせようということだった。

僕は「母の日」のカーネーションのことが思い出されて、県の教育委員会に電話をした。

「子どもに愛をということですが、あれって親のいない子どもの気持ちを考えたうえでのことですか？」

現代の学校教育の愛情のなさ、大人の都合主義には、怒るというよりも、悲しさが先立つのだ。母親のいない子どもにとって、クラスのみんなと同じものが食べられる給食は、何とも楽しい時間なのである。

今、お母さんのいる人は、もっとお母さんに感謝をもって接してほしいと思う。

本当にいなくなってしまったら、何にもしてあげられないから。

そのことは実際にお母さんを失ってしまうまで、人は気づかないものだから。

●「あなたに褒められたくて」

人は常に誰かに褒められたくて仕事をしているのだろうか

自分には何人もいると思うが、その中の大きな部分に、確かに「母」はいる

僕の好きな高倉健さんの本で『あなたに褒められたくて』というのがある。

その中の、お母さんにあてた手紙にこんなふうに書いてあった。

「あなたに褒められたくて、八甲田山の雪の中のロケも頑張りました」


人は常に誰かに褒められたくて仕事をしているのだろうか。

自分の場合は誰だろう。

何人もいると思うが、その中の大きな部分に、確かに「母」はいる。

きっと人は誰かに
褒められたくて仕事をしている

3章

僕を支えてくれた出来事、そして人生の師と仲間たち

●「ごめんなさい、おばあちゃん」

僕の作ったサラダを食べていたおばあちゃん
雑に入れられたキャベツの芯など固い部分をよけて
柔らかいところだけ選んで食べていたのだ

父の家を出てからの、十代の終わりから二十代のはじめにかけての修業時代には、食堂ともレストランともいえない装いの店、つまり、食券を買ってから注文するという大衆的な店で働いていた。

ハンバーグ、スパゲッティ、トンカツなどの洋食の店がほとんどで、これらを作っていくうちに腕を磨くことができた。僕は自分が作ったものを食べてもらうのがとても好きだった。自分の作った物を食べてもらえるなんて夢のよう。

ただ「お客さんが、お金を払って食べてくれるんだ」という責任感みたいなものはまだ無かった。

アルバイト時代は、シェフの機嫌を伺いながら言われた通りやっていたというのが真実だ。

ところが、ある衝撃的な出来事を契機に、真剣に料理と取組むようになったのだ。僕が料理人として本物の味づくりに目覚めたのは、このときである。頭をガツン！　と殴られた思いにさせられた。二十歳のときだった。以来、お客さんに美味しいと言っていただこう、感動する料理を作ろうと肝に銘じるようになった。僕にとっての記念碑的な出来事であった。

渋谷のパルコにあった、おしゃれなレストランに移ってすぐのことである。レストランというと、今ではオープンキッチンになっているところが多く、客席からコックたちの調理場が見えるようになっているが、その当時は調理場と客席は遮断されていた。調理場をお客さんに決して見せてはならないという雰囲気もあった。

調理場からは客席が見えないから、自分が作る料理を食べるのは若い人なのか、老人なのかわからないままに作ることになる。

ある日、店に白髪のおばあちゃんが一人で食事にやって来た。ちょうど座った席は、唯一、調理場から見える場所にあった。ふっと僕は、おばあちゃんの席を見た。するとおばあちゃんは椅子に正座して、いましがた僕が作ったサラダを食べ始めている。

当時のサラダは、最近のような有機野菜や夏野菜などを使ったものはない。いわゆるコンビネーションサラダという名称で、トマト、キャベツ、レタス、卵、ポテトを盛り合わせたものだった。

最近ではそうでもないのだが、僕は、高齢の女性がひとりで食事をしているのを見るのが何とも辛かった。「息子のお嫁さん、いないのだろうか。娘はいないのだろうか。何で一人で食事をしているんだろう」なんて思ってしまうのである。

僕は、おばあちゃんの手元を見て、がく然とした。

「いただきます」とイスに正座して手を合わせ、僕の作ったサラダをおいしそうに食べていたのだが、雑に入れられたキャベツの芯などをきれいによけているのだ。

それをテーブルに敷いたハンカチの上に置いていくではないか。

固い部分をよけて、柔らかいところだけ選んで食べていたのだ。

それでも黙々と食べているおばあちゃんの姿を見て、僕は「ウワァ！」と大声で泣きたかった。

「ごめんなさい、おばあちゃん！」

作り直せと文句を言われた方が、どれだけ楽だったろうか。

何度も心の中で詫びた。テーブル席へ行って詫びたい気持ちだったが、それもままならないことであった。

「何てことしたんだろう！」

●「お前はそれでも料理人か」

料理を作るってスゴイことなんだ。
中途半端な仕事は絶対にできない

このおばあちゃんから、「料理を作るってスゴイことなんだ」ということを学ばされた。それまで僕は料理人とはいえ、料理を作ることはただ生きていくための手段でしかなかったのだ。

だから、サラダも、まるでウサギが食べるような雑な切り方をしていた。

このことがあってから、料理人としての自分を問い詰める日々が続いた。

「お前はそれで料理人か?」

それまで料理人として、どれほどいいかげんな仕事をしてきたことか。

僕はあまりにも愚かであった。土・日曜日になると、中央競馬が開催されるが、調理場の壁面には、出勤途中で買った競馬の予想紙が貼ってある。

予想紙は、表と裏にレース予想が載っているので、表面を貼ると裏面が見えない。だから、ていねいにも二部買ってきて貼りつける。

仲間たちも競馬好きの連中だったものだから、競馬中継を聞きながら料理を作っていたこともある。これでお客さんのために美味しい料理が作れるわけがない。

以前、渋谷の店に当時人気№1だった歌手Y・Mさんがステージの合間に来て、食事をしてくれたことがある。

そのとき、「もし、これを食べてお腹をこわしたら、この後のステージは……」なんて思った。

料理人とお客さんとの関係は、「命預けます」「預かりましょ」みたいな直接的な関係にあるのだ。

だから、中途半端な仕事は絶対にできないということを、このとき以来、しっかり僕は刻み込んできた。

人は言われたことより自然に目にしたことに
感動し、心動かされる
おばあちゃん　ありがとう

●師匠

カリスマ料理人、佐野実さんとの出会いは僕の後半の人生を決定づけてくれた

人それぞれ歩いてきた人生の途中で、忘れられない、かけがえのない人々との出会いがある。

僕が人生のターニングポイントで出会った人々の中で、感謝という一言では尽くせない師たちがいる。仲間たちがいる。

僕には僕を支えてくれた素晴らしい人々がいることがとてもありがたく、うれしい。

まず、ラーメン業界のカリスマ料理人、佐野実さんとの出会いは、僕の後半の人生を決定づけてくれたといっても過言でない。

佐野さんには「テレビに出てよかったか？」と口癖のように聞かれた。

僕は「もちろん、よかったです」と返事をしていた。

某テレビ局の『ラーメン道』の収録では口を開けば「出て行け！」「帰れ！」の怒声を発し、怖い人のイメージだった。無茶苦茶な人だと思っていた。

ところが、テレビ番組終了後は、僕のラーメン店の開店から今日に至るまで、いろいろな場面で励まされ、たくさんのことを教えていただき、ほんとうに数えきれないほど多くの恩を受けてきた。

佐野さんのお話や行動は、感動の連続である。

僕が、イタリアンのお店をすべて無くし、渋谷で初めてラーメン店を開いたときのことであった。

その直前にラーメンの食材リストを見せた。

それをしげしげと眺めていた佐野さんは、こういった。

「こんな材料使ってたら、店は潰れるよ」

「ええッ？」と僕。

「オレのマネをしないで、化学調味料を使え」

〝食材の鬼〟といわれている佐野さんからは信じられない一言である。

本当に現実を見て、心から心配をしてくれていたのだと思って胸がつまった。

また、僕は大手食品メーカーと提携し、佐野さんの協力で初めてカップラーメンの発売をすることができた。

真夏だったにも関わらず、一六〇万食の大ヒットとなった。

これは亡き母の眠る宇都宮でも販売されていたので、「母に捧げる一杯」になった。

『ラーメン道』でのテレビ出演がなければ、絶対かなわなかったことだと感謝している。

カップラーメンを発売するとき、僕は自分の収入を考えていなかった。

そのとき、佐野さんは僕にいってくれた。

「馬鹿だなァ、ちゃんと言わなきゃ。俺はいいけど、お前が儲からないなら、俺は協力しないよ」

佐野さんが自分の利益など考えず、「お前が儲かるなら協力する」、と言ってくれた気持ちに感動した。

あるとき、佐野さんに寿司を食べに行こうと誘われたことがある。

寿司屋のカウンター前に座るなり聞いた。

「嫌いなものがあるか?」

「いいえ、何でも……」

ここで、私もそうだが普通は「じゃあ、好きなもの頼め」という。

しかし佐野さんは
「わかった」

といいながら、板長に指示する。

「じゃ、白子を塩で焼いてあげて」

「そこの白身のところ、つまみで」

僕の食べるペースに合わせて注文してくれる。本当に相手を気遣う細やかな人だ。

〝ハッ!〟とした。これは、佐野さん自身が握ってくれているのと同じだ。

「美味しいものを食べさせたい」

好きなものを頼んでいいから……
この言葉に〝おもてなし〟の心は無い

僕は、料理人として人をもてなす佐野さんの心を勉強させてもらった。
見習いたいと、いつも思っている。

●僕の命を助けてくれた人

僕は誰かに生かしてもらったのだろうか
その誰かとはきっと母なのだろうと思っている

この世に生を受けたことは、どんな環境に生まれてきたにしろ感謝しなくてはいけないと思う。

今思うと、僕はワルの道に入る度胸がなかったのかもしれない。

あとは、やっぱり、僕には母が生んでくれた命だから裏切ることはできないという気持ちがあった。死んだ母から授かった命だから、ワルになれないという妙な正義感のせいと、基本的には帰るところがなかったからだと思う。

親がいないからグレるということではないんだ。帰る家のあるヤツの方がグレることが多いのも事実。

僕は十六歳、十七歳と暴走族を一年ほどやっていたけれど、家がないから、自分で生きていかなければならないので、仕事が第一になる。

暴走族が集まるのは土曜日。翌日は日曜日で一番忙しい。みんな仲間意識があって優しかった。暴走族の先輩たちも言ってくれていた。

「お前、仕事してるんだよな。早く帰れよ」

僕は母に命を救われたと信じていることがしばしばある。

ある航空機事故を免れたのもそのひとつだろう。

僕は、あの夏の大惨事の前日にそのチケットをキャンセルしていた。

今でも、その日には黙祷を欠かさない。

僕は誰かに生かしてもらったのだろうか。

いなくなってしまったら、何かしてあげたいと
思っても、何もできなくなる。

その誰かとは、きっと母なのだろう……。

母親に限らず、今、当たり前のこととして身辺に暮らしている人々に、感謝をもって接していかなければいけないと強く思う。いなくなってしまったら、何かしてあげたいと思っても、何もできなくなる。

でも、ほとんどの場合、実際に失ってしまうまで、大切な人がそばにいることに気づかないものだろう。僕は、本当に多くの人々に助けられて今を生きていることを感じている。

●認知

「子どものために生きなくちゃ」といっていた母
「その分、僕が強く生きなくちゃ」母を想い出すたびにそう思う

十代の中ごろだったたか、宇都宮にある母の家族を訪ねたことがある。

「愛人」だったという母親のことを、一度は知っておきたいと思ったからだ。

そのころ、どんな状況であっても、自分の中で素直に受け入れられる、という自信がついていた。母について聞いておきたいことがたくさんあり、それは僕には大切なことだった。

訪ねた母の姉妹たちは、僕が今もって「石塚」の姓を名乗っていたので、ビックリしていた。小学校一年のとき、僕を引き取った時点で、実父は認知すると言っていたらしい。

だから、母の姉妹たちは、あれから一〇数年経っているのに、昔のままの姓だっ

たことに驚いたそうだ。

「血のつながっているお父さんがいるんだし、認知すると言うから、手放したのにね」

母の妹は、今にも泣き出しそうな顔で言っていた。

父親は関西弁でいうと「格好つけしい」の人だったから、男として格好つけに「引き取る」と言ったのだろうか。叔母には「恨んでないか？」と聞かれたけど、今更そんなこと言われても答えようがなかった。

血のつながりとは、たしかに大切なものかもしれない。

でも、子どもには、血のつながりがなくても、いつもいっしょにいてくれる人がいるだけでいい。それだけは必要ではないかと思う。叔母を訪ねて、今まで知らなかった母親のことを聞くことができて、本当によかったと思った。

母は、結構きれいな人だったらしい。当時八頭身とかいって、美人の代名詞みたいに言われた母親のことが漠然と思い出されてうれしかった。

母親が美人だったなんて言われると気持ちのいいものだよ。

現代の医学なら命もあっただろうに。手術で片方の胸をバッサリ取ってしまうことは辛いだろうとの判断が、ガン細胞を温存することになってしまったのか。

「若い女性が乳房をなくすということは、どれだけ辛いかわかる?」

と叔母は言った。

女性にとって乳房を取ることはどれほどのものなのか、男の僕にはわからない。命を奪われるに等しいことなのかもしれない。現代のような形成技術は無いのだから、なおさらだろう。

僕はあえて医師の思いやりだったと思いたい。

ところが、それが裏目にでて、乳ガンは再発してしまった。

「あのときバッサリ取っていてくれたらね」

と叔母も口惜しがっていた。最期は、ガン細胞が硬直して注射の針が入らなかったほどだったというのを聞いて、何も言えなかった。無念だったろうな、母さん。

「それでもね、あんたの母さんは、こんな太い針を刺してまでも生きようとしたんだよ。その分まで生きなきゃいけないよ」

叔母の言葉は重かった。母はいっていたという。そんな壮絶な最期まで、

「子どものために生きなくちゃ」

と。二十七歳という若さだったからなおのこと、生きることに強く執着したのだろう。

「その分、僕が強く生きなくちゃ」

と母を想い出すたびにその気持ちにさせられる。

〝子どものために私が生きなきゃ〟と逝った母
だからあなたのためにも強く生きなきゃ……

●出生届

お母さん、ありがとう
すでにガンという病魔に犯されていた母は僕を生んだ

八月一五日は、太平洋戦争が終わった日で、すでに七十数年が経つ。その戦いの爪跡は、いまも人々の心に残されている。毎年、悲しみを思い出す日でもあり、お盆でもある。先祖の霊がそれぞれの家に帰ってくるという。

その日は僕にとっては、めでたい「誕生日」なのである。

僕は、何回か知人の戸籍を見る機会があった。

「○月×日生、届け出○○○」

と、ほとんどが生まれて一週間以内に役所に届けている。一般的にはうれしさのあまり、早く届け出るのだろう。たいてい届ける役は父親だ。一週間以内というのは、母親は産後、間もないわけだから父親が役所へ行くのは当然だろう。

僕の場合はこうなっている。

「和夫　昭和三五年八月一五日生、昭和三五年九月五日、届け出、母　久子」

出産後、一カ月近く経って、母が役所へ行ったのである。

「お母さん、ありがとう。自分ひとりで出かけてくれたんだね」

すでにガンという病魔に犯されていた母は僕を生んだ。自分の余命もわかっていたのだろうか。

「笑顔はあったのだろうか？」

「私生児を生む。でも好きな人の子どもを生むという喜びはあったのだろうか？」

何かにつけて、そのような思いがよぎる。そして、

「私は、私の意思で生んだのだから幸せよ」

そんな母の声が聞こえてくるのだ。

誕生日が来るごとに、毎年そんなことを思うのである。

4章

レストランであった心あたたまる出来事、そして別れ

ある春先のさわやかな日に、公園で出合った一コマである。

二十代の若いお母さんが、二、三歳の女のコを連れて散歩していた。女のコは駄々をこねているようだった。お母さんは顔と顔をくっつけて、こう言っている。

「言うことを聞く？　それともバッチン？」

女の子は笑いながら、

「バッチン、痛いから、ママの言うことを聞く」

何でもない母娘の会話だが、僕はそれを見ていて胸がジーンとなった。心と心を通わせる原点をそこに見たからだ。

母が生きていたら、僕にもそんな光景があったかもしれない。

母娘の間には、愛がある。そして罪と罰がちゃんとある。まさしくこれは教育の原点ではないだろうか。

感動しながら、僕はその場をあとにした。

そんな親子もいれば、信じられない親もいる。

長年店をやっていると、忘れ物もたくさんある。最近、こんなことがあった。

食事をしていた若い夫婦が席を立ったまま三〇分経っても帰ってこない。

食券制だから帰るのは自由であるが、彼らがいた奥の席にベビーカーで寝ている赤ん坊がそのまま放置されていたのだ。四五分位経ってからお母さんが帰ってきた。

「すみませ〜ん。忘れ物しちゃって！　泣いて迷惑かけませんでしたか？」

ホールのスタッフは、

「大丈夫ですよ。いい子でおとなしく眠ってましたよ」

と言っていたけれど、僕はあきれてものが言えなかった。

「お母さん、忘れ物って、子どもは『物』じゃないよ。謝るならこの子に謝って」

半分目を開けた赤ん坊には、こう言った。

「今度お母さんに忘れられたら、店の人なんて気にしないで思い切り大きな声で泣くんだよ」

そしてお母さんにも……。

「この子は、あなたの与えた命を精一杯生きているんだよ。あなたが守らなくてはいけない命なんだよ」と。

この若いお母さんに、僕が込めた思いは伝わるのだろうか。

●すてきな四五〇円の、大晦日の夜

コーヒー一杯に涙した女性
「ありがとうございました。アパートでひとりでお正月を迎えるのが寂しかったんです」

レストラン経営を始めた、ある年の大晦日のことである。

僕は、幼いころから二十歳のころまで、ひとりになってしまう大晦日の夜が嫌いだった。すべての仲間もさすがに家族だんらんで過ごす。

もちろん、当時はコンビニや深夜営業のファミレスなどないし、深夜に出かけるところもないから、寂しさだけがつのってくる。

とにかく、ひとりで迎える正月が好きではなかったのだ。

何年か前に、『一杯のかけそば』という物語が話題になったことを記憶している人も多いだろう。大晦日に一杯のかけそばを母と子が分けあって食べるという、悲しくもわびしい話である。人々の涙を誘ったものだ。

大晦日だから、店を開けておけばお客さんは来るだろうと考えていた。しかし、除夜の鐘が鳴りだしてもお客さんが来なかったので、店を閉めようかと相談していたそのとき、ひとりの若い女性がやって来た。その夜、初めての客だった。

「コーヒー一杯でもいいですか？」

と寂しげな様子であった。

「どうぞ！」

といって席へ案内した。

三〇分ほどして、何とその女性はコーヒーを半分ほど残して、テーブルでうたた寝してしまったのだった。結局、その夜は三時になってもお客様は来なかったので閉店したが、彼女を起こすわけにもいかず、片づけの時間までそっとしておいた。

深夜の売上げは当然四五〇円である。

明け方五時くらいまで、彼女は眠っていただろうか。

目をこすりながら辺りを見回す彼女に、スタッフたちが言った。

「明けましておめでとうございます。いい夢、見られましたか」

彼女はビックリして「ありがとうございました！　アパートで、ひとりでお正月を迎えるのが寂しかったんです」

目に涙をいっぱい浮かべていた。

たぶん、どこか田舎から上京し、アパート暮らしをしているのだろう。

何かの事情で正月に故郷の親元へ帰れず、ひとり寂しく正月を迎えるのがたまらなくて、開いていた店へ立ち寄ったのだろう。

その女性がレジでお金を払っているとき、スタッフのひとりがさっとドアの外へ出て、「閉店」の看板になっていたのを「営業中」に戻していた。

女性がドアを出て「閉店」となっていたら「悪いことしちゃった……」と胸を痛

めるといけないからそうしたのだろう。

当時のスタッフだった信吾とエッコが何度も言っていた。

「シェフ！　お店開けててよかったね。いいことしたね。お店っていいね」

彼女が来てくれなかったら、こんな感動は味わえなかっただろう。

こちらこそ「ありがとう。忘れられない年明けができましたよ」

●笑顔

「大丈夫。私はいろいろなところから仕事の依頼が来ているから！」

笑顔で言っていたエッコの死

エッコと信吾は僕の大切な仲間だった。

僕が新しく会社経営を始め、レストランをオープンさせたとき、応募してきたのがエツコとの初めての出会いだった。

東北出身の女性らしく、真面目で一途さを感じた。

「一所懸命に働きます」

と僕の目を見てしっかりした言葉でそう言った。そのとき、こうも言った。

「実は、彼と二人で上京しました。早く仕事を見つけたいのです」

つまり、二人でカケオチして東京へやってきたというわけだ。それほどの覚悟で上京したのならば、間違いないだろうと思ったので採用することにした。

店での彼女はよく働いてくれた。のちにその責任感の強さから、店長に任命し、店を任せるほどになった。

一〇年間、女盛りの二十五歳から三十五歳までを、エツコは店のために費やしてくれた。彼女はレストランの仕事が天職のように、よく働いてくれた。

「私の青春を返して」

と笑って言うのが口癖だった。

彼女は信頼できる社員として成長していた。

店のことで困ったことが起きると彼女に相談することも多かった。

そして一〇年が経ち、私の経営能力の無さからすべての店を閉店したとき、従業員は全員バラバラになった。

彼女は笑顔で言った。

「大丈夫。私はいろいろなところから仕事の依頼が来ているから！」

今思えば、僕に心配かけたくないと、精一杯の笑顔ではなかっただろうか。

その後、何度か電話が入った。

「働く店を迷ってるの。しばらくゆっくり静養するわ」

そんなことがあってから四カ月ほど経ったある日、警察から電話があった。

エツコの自殺の知らせであった。

アパートの管理人が発見したとき、すでに一〇日位過ぎていたという。アパートの保証人が僕だったので、そのことを家主が警察に知らせたのだ。

担当の警察官が岩手の親戚に連絡を取って、引き取りの交渉をしているが、親戚とも疎遠になっているから、なかなかうまくいかないという。

このままでは無縁仏になってしまう。

僕は警察に、彼女を引き取って埋葬すると言った。

その警察官は僕に、冷静に言った。

「石塚さん。あなたが今出てきたら、これまでの交渉が台なしになってしまうから。私が何とかして故郷の両親の墓に入れてもらえるように説得します。両親の墓に入るのが、彼女にとっての一番の願いじゃないですか。遺体にも会わないほうがいいですよ。後は任せてください」

感情的な僕に対して、一番彼女のこと、先のことを考えてくれたのは、この警察官だったのかもしれない。

僕は何とか親戚の連絡先を調べて火葬の日程を聞きだし、お焼香のお願いをしたが遠慮してほしいということだった。

「身内だけで行います。葬式も行いませんし、火葬したら岩手に連れて帰ります」

それ以上、僕は何も言えなかった。涙が止まらなくあふれだした。

●店こそすべて

命を断つほど悩んでいた彼女を救えなかった
どう償えばよいのか

僕は、その日、火葬の時間から二時間遅らせてその場を訪れた。

火葬場のスタッフに、彼女が焼かれた炉を聞いて、僕は一時間ほどその場にたたずんだ。「今まで本当にありがとう。安らかに……」

その場にいるかもしれない彼女に語りかけた。

死後、荷物の整理をし、元従業員の話を聞き、マンションの大家さんとの後始末の話を進めていくうちに、彼女の内面の苦しみが少しずつわかってきた。

彼女にとって、店こそがすべてだった。

一〇年間、精魂込めて彼女は店のために働いた。

それなのに、僕を含めて彼女にかかわった人間が、自分のことだけしか考えず、彼女の将来のことなど何も考えてやらなかったのだ。

僕はエッコを自殺に追い込んだ罪を、どう償えばよいのかわからなかった。

エッコの死以来、僕の中からすべての気力がなくなってしまっていた。

毎日のように夢にうなされ、安定剤と睡眠薬の薬漬けだった。

僕としては、エッコの死と正面から向かい合おうと切り替えたつもりだったが、日が経つにつれて、それまで以上にエッコの死が現実の悲しみにつながっていく。

店の厨房に立っていると、彼女の「いらっしゃいませ」の声が聞こえ、仕事ができなくなってしまい、店を閉めたことも何度かあった。

店に一度も入らない日が増えていった。

●生きがい

「シェフすごいね！　普通できないよ、こんなことって」

新しい店を出すたびに、褒めてくれたエッコ、今また、頑張っているよ

あの日から一年を経たころ、最後までエッコと共に仕事をした信吾と、彼女の墓を探しに故郷を訪ねた。

みちのくの夏は、東京の暑さと変わりないほどムシムシしていた。

岩手県一ノ関市。駅から市役所へ向かった。エッコの生まれ育った家を探すためである。

役所の人に、たずねる理由を説明すると、親切に教えてくれた。

「東京からご苦労さまですね。おたずねの家はすでに誰も住んでおりません。地番だけお教えしましょう」

僕はその地番をメモし、役所をあとにした。

そしてたずねあてた家は、確かにもう十数年も住んだ様子もなく、朽ちていた。

「この家で育ったのか……」

そのわびしい家を眺めながら、僕には言い知れぬ感慨が湧き出てきた。

悲しみと愁いに満ちた彼女の表情……。万感胸にせまるものがあった。

そこへ近所のお年寄りが通ったので、エッコのことを聞いた。

「ちょうど一年前ですが、東京で亡くなった女性がこちらに……」

めぐり合わせかお年寄りはそのことを知っていて、遺骨が持ち帰られ、先祖の墓に葬られたと教えてくれた。

その墓までは、さらに二キロほど歩かねばならなかった。それにしても暑い。

墓はすぐに見つかった。エツコの墓は、先祖たちと並んで立っていた。まだ、新しい。墓前には、お盆過ぎということもあってか供え物と花が手向けてあった。

僕は、用意してきた線香に、ライターで火をつけて墓前に供えた。

「エツコ、久しぶりだね」

彼女はニッコリ笑ってくれたようにも思った。

墓の前で手を合わせると、後ろにいた信吾が墓石に映った。同じように手を合わせている。

目を閉じてまた目を開くと今度はいなくなり、信吾はいきなり墓の周りを掃除しだした。

入社当時から、信吾はエッツコに徹底的に叩き込まれていた。

「掃除もできないヤツに何ができる？　掃除はお客さまへの最低限のおもてなしよ」

これがエッツコの口癖であった。死してなお、人を動かす。胸がつまった。

エッツコは自分のお金で毎週花を買って店に飾り、閉店後、従業員を帰してからタイムカードを退勤にして、二時間ほど、彼女一人で掃除するのが日課だった。

流し台シンクの掃除は、私もそうだが、最後に水が一滴もなくなるまで拭きあげる。

帰り際に、自然にチョロチョロと水が出てしまってまた拭く、なんてこともあった。

いつだったか深夜一時くらいに、目白通りを車で走っているとエツコが歩いている。

え？　反対車線にいたので止まれず、携帯に電話してみると「今日忙しくて、皆頑張ってくれたから、帰りにご飯を奢ってあげたらタクシー代がなくなってしまった」と言う。

西武線でも三駅を歩くのは大変である。送ってあげるよ、と言うと、「今日は気分がいいいんだ。皆頑張ってくれたし、その分私は歩いて帰る」と……訳のわからないことを言う。

本当に昔から彼女は言い出したらきかない。

後から聞いた話だがこんなこともあった。

料理に混入物があって、お客様が「これを作ったコックを呼んで来い‼」と激怒したことがある。

彼女はこんなとき、徹底的に自分が謝る。

「すべて私の責任です……運ぶ最中に入ってしまったのかもしれません……」

最後のほうは

「お前に怒っている訳じゃない‼」とお客様があきれてしまうほど。

自分のことはいつも二の次三の次だった……。

信吾は「あんなに強い店長が自殺だなんて……」とあらためて言っていたけれど、私は逆に、もう少しだけ……もうちょっとだけ……人に頼ることができていたら……と思った。

彼女はたくさんの人を救い、優しさを与えてきたので、それに疲れて自分が生きることも二の次にしてしまったのだろうか。

それは多分違うと思う。人には生きがいというものがある。

人に優しさを与え、人を救い、お客様から怒られようが、深夜に遠い道のりを歩いて帰ろうが、それは彼女の生きがいだった。

それが強ければ強いほど、失くなったものが大きすぎたのかもしれない。

生きがいとは決して他人から見て楽しいことばかりではない。

悩んだり人から相談を受けたり、そんなことが生きがいだったりする。

「シェフすごいねー、普通できないよ、こんなことって」と新しい店を出すたびに、褒めてくれたエツコの言葉に励まされてきた僕。

今また、頑張っているよ。

生きがいとは決して他人から見て楽しいことばかりではない
むしろそれ以外のほうが多いのでは

●仕事の片腕、信吾

「お金のために仕事しているんじゃない。この仕事が好きで自分を必要としてくれたシェフがいたから、そして毎日来てくれるお客さんの笑顔が好きだったから」

エッコが逝ってからしばらくして、ある夜、信吾と会う約束をしていた。三〇分ほど待ったところで連絡が入った。事故を起こして行けそうもないというのである。

翌日、彼に会ったときは、一瞬言葉を失った。なぜなら、信吾の顔のケガの傷は、エッコがかつて交通事故で受けた顔の傷と同じ場所だったからである。

エッコは店に自転車で出勤していたが、その途中で車と衝突して入院、そして通院に二カ月かかったことがある。彼女は遅刻寸前で急いでいたため自分にも責任があったと、相手の名も聞かず、治療費も自費で払ったのだったが。

「信吾……。エッコの事故の傷と同じ場所だよ。まさか六丁目の交差点じゃないだろうね」

と僕が聞くと、信吾は下を向いて答えた。

「まさに、その場所です」

「エッコが寂しくて呼んだんだよ」

と僕は、わざと笑いながら明るく言ってみせた。信吾は、

「きっと、飲んで自転車で帰っちゃいけないと、エッコさんが教えてくれたんですよ」

と言った。今は、店が終わって飲んで帰宅するときは、タクシーを使っているらしい。

この信吾という男、実は彼にはまだ誰にも破られていない二つの記録がある。

彼と出会ったのは一〇年前……後に彼は入社二年目で五店舗をとり仕切る統括本部長の地位まで上り詰めるわけだけれど、これほど従業員から慕われ、いい意味で

スタッフに甘かったヤツはいない。

そして何よりも、いつも私と一緒にいた。

お客様からの人気も絶大で、信吾がいない時間に来たお客さんが帰ってしまうこともあり「料理店でこんなことがあっていいんだろうか？」と真剣に悩んだりした。

エッコ、信吾、この二人と僕の三人で基礎を築いたのはいうまでもないし、エッコを夜中に気持ちよく歩かせたのも信吾の頑張りがあってのことだ。


忘れもしない入社半年目の十二月、無休で深夜営業していたこともあり、私たち二人の労働時間はランチからナイトまで一日一七時間にも及んだ。

仕込みもあって三八時間厨房に立ち続けたこともあるが、不思議と信吾といるとそれができた。

彼は天性の、人を温かく包む何かを持っている。

たとえば風呂へ行く時間もなく、僕たちは厨房の大型シンクにお湯を溜めて入った話は有名だが、そんなとき、信吾はそっとコンビニに行って入浴剤を買ってきて

「シェフ、やっぱ温泉は草津でしょ」と言って入れてくれる。

そんな笑っちゃうような気遣いが疲れを取り去ってしまう。

結局、その月の信吾のタイムカードの労働時間は五二五時間だった。

この記録は今だに破られていない。当然、残業手当などない。

信吾が言った。

「もしも残業手当などが付いていたら多分それだけ頑張れなかったと思う。お金のために仕事しているんじゃない。この仕事が好きで、自分は自分を必要としてくれたシェフがいたから、そして何よりも毎日来てくれるお客さんの笑顔が好きだったからだ」と。

●妻と娘

こんな家族もある。

今までどんな境遇に遭おうが何も言わず見守ってきてくれた二人

最後に僕の家族、妻と娘のことを言わないといけないと思う。

〝妻は夫を見ればわかる〟という言葉がある。とてもドキッとさせられる。

なぜかというと私には生活感みたいなものがないと言われる。良くとっていいのか、悪くとっていいのか、真剣に考えてしまう。

実際「私は妻と娘の三人暮らしだ」と言いたいところだけれど、「私には妻と娘がいる」と言ったほうが正解ではないだろうか。

現在自宅は東京にある。

私は休みを月に一回と決めているので、家に帰るのは月に一度だ。当然年間一二回である。振り返ってみると、家族と過ごした時間がどのくらいあっただろうか。

この世の中には、単身赴任やら何かの理由でやむをえず家族と離れ離れになって生活している方々がいるが、私は自分からこの道を選んでいる。

当然この一〇年にしても、シンゴや弟子たちの方がはるかに一緒にいる時間が多い。

そんな私を、妻と娘はどんな気持ちで見ているのだろうか……。

私は、今までどんな境遇に遭おうが、何も言わずに長年見守ってきてくれた二人に、本当に感謝している。無関心といえばそれまでだけれど、決して仲が悪いわけではない。

ことわざで「夫婦は喧嘩するほど仲がいい」というのがあるけれど、じゃ一度も喧嘩したことがないのはどうだろうか……。実際三〇年間で喧嘩したことは三回しかない。

妻は長年医療の現場に立ち、今でも私と違う意味で人の命を預かっている。自分の仕事に誇りを持ち、全く妥協を許さない彼女を、一人の女性として尊敬している。

こんなこともあった……。娘が中学のとき、昼間にひとりで店に来た。

お昼ご飯を食べていないというのでランチを出したのだが、「学校は？」と聞くと今日は高校の受験だったという。

「あのね。勉強をしろって一度も言ったことがないのもめずらしいけど、普通知ってるよ。娘の受験日ぐらい」

って笑って言われてしまった。すかさずデザートでごまかしたけれど……。

昔から僕は娘に自分が幼稚園で教わったこと以外はあまり言わない。

嘘をつかないこと　人の悪口を言わないこと　人を傷つけないこと。

年頃の息子や娘を持つお客さんから、子どもが口を利いてくれないとか、暴力をふるうとか、子育て法を教えてよと、よく言われる。

私流の子育て法なんてない。その手の本はたくさんあるけれど、私の実際の体験としては、まず、あまり会わないこと。たまに帰るときは必ずおみやげを買っていくこと。

これってサンタクロース的存在だよね。だから、もしそんなことで悩んでいる人がいるのなら、試してみたらいかがでしょう。

ひとりの人間として少し離れた視線で見つめてあげたら？　ただ、親は必ずいつでも会える場所にいてあげてね……。

子どもは一週間会わなければ、一週間分の話をしてくるし、「パパは、親って感じがしない」と言われても、「今度いつ家に来る？」と言われても、とにかく仲がいいのは、もしかしたら「俺流」なのかもしれない。

5章
強くなれたら、つらさを感謝に変えられる

●食べてくれる人がいるから

「一番大切な人が食べるんだ」とイメージして一所懸命に作る
子供の頃の誕生日会。来てくれた子供たちの顔を思い浮かべながら作る

レストラン経営に長年かかわった経験から、料理人とは、「料理作り」であると同時に「人間づくり」であると切実に思う。

例えば、オープンキッチンというのは、お客さんから見ると、料理人が忙しく動いている姿を目の当たりにすることで安心感が得られる。

料理人の方からすると、お客さんが最初の一口を食べて、「うんうん」というのが美味しい表現ととれる。その「うんうん」も個人差があり、かすかに表現する人、少しオーバーに表現する人とさまざまである。

「うんうん」の表現はしないにしても、黙々と食べている人は、だいたい美味しいという表現だと思ってよい。

逆に、一口食べておしゃべりを始めるときはダメ。おしゃべりの内容はわからないけれど雰囲気でわかるので、こういうときはドキッとさせられる。

些細なことかもしれないが、料理人とお客さんの関係って、そんなシグナルで通じ合っているものだと思う。

料理人というのは、中で働いているから、注文があったときはどんな人が食べてくれるのかわからない。

弟子たちには「一番大切な人が食べるんだ」とイメージして一所懸命に作れと言っている。

僕は後輩たちにはいつもそう言っていた。それは大事なことだと思う。

料理を作るイメージとして、子どものころの誕生日会がある。

友達が、ちょっとだけオシャレをしてプレゼントを持ってお祝いに来てくれる。そこでお祝いに来てくれた子どもたちのために料理を作ってあげるんだ、という気持ちを大事にしている。その子たちの顔を思い浮かべながら作ることになる。

その気持ちで店の料理を作り、お客さんに食べてもらいたいと思っている。店では、一人ひとりの嗜好を聞いて作るわけにはいかないが、作る側の気持ちとしてそうありたいと思っている。

以前、『日光江戸村』へ行ったときのことだが、平日だったのであまりお客はいなかった。

彼らは僕たちに「お客さんご一行さまの貸し切りです」と僕ら四人だけのために、一所懸命に演じてくれた。

これだけのお客さんのために手を抜かず演じる姿が感動的だった。

料理もまったく同じで、食べてくれる人がいるから成り立つわけだ。

こうやって僕は料理人として走り続けてきたように思える。さまざまな人との出会いの中から、今の料理は生まれている。

キッチンスタッフが、ねぎひとつ盛るときにも、〝愛がないなあ〜〟って言うのが口ぐせになってしまっている。

●食のエンターテイメント

「料理のお兄ちゃん、これすごいなあ！」
口々に簡単の声を発していたあの子たちは
この日の魚料理を忘れないだろう

人間が生きていくうえでエネルギー源の「食べること」は欠かせないもの。その大切さはいまさら言うまでもない。

僕も料理人として、長年、作る側にいるわけだが、「食」をエンターテイメントとして表現できないかということは、常々考えてきた。

飲食店というのは、芝居小屋とか演劇の舞台と一緒だといえる。良い舞台、良い脚本、良い役者が揃ったところで、お客さんは感動し記憶にとどめてくれるだろう。芝居小屋や演劇などは、「創りもの」だとわかっていながら、感動し、涙し、笑い、幸せな気分になって帰る。それは創る側が、何らかの付加価値を付けて帰ってもらおうという配慮があるからではないだろうか。

お客さんの満足度を考えながら創るからだろう。

「入場料は少し高いと思ったけど、それ以上に感動をもらった」と劇場をあとにする。その逆だったら、消化不良の気分になってしまう。

これを飲食店でいうと、良い店、うまい料理、良いスタッフである。要するに、この三つが揃わないと、お客さんには感動していただけない。

その逆だったら「二度と来るものか」になる。


以前、イタリアンレストランをやっていたとき、月に一度位、各店のシェフ連中と店が終わってから釣りに行っていた。深夜一時位から明け方まで船で沖に出る。

僕たちの時間にいつも合わせて、貸し切りで船を出してくれた船長には感謝している。釣れなかったときには、船長自ら竿を出してくれていた。

もちろん、釣った魚は翌日の魚料理のメニューに入れる。

その夜は、前から欲しかった釣り竿を出勤前に買っておいて、それを持って出かけた。五万円もする竿には、なかなか手が届かなかったが、ようやく自分のものになった。

翌日に入っていたパーティーの予約は、三〇名の貸し切りだった。

ところが、当日になると、パーティー出席者にはやけに子どもが多い。彼らは大人たちの会話に飽きてしまったのかフロアーを走り回っている。

前菜、パスタと次々に料理を出していったが、メインの魚料理を出す段になって、子どもたちの騒いでいる姿がどうも気に入らなかった。

せっかく前夜、寝ないで釣りあげたスズキだから、味には自信があった。

そのとき、僕の悪いクセが出た。

スズキの切り身のソティをやめて、香草一本焼きに変え、買ったばかりの釣り竿を半分にへし折って大皿に立てた。

さらに、釣り糸を魚の口につけるという演出をした。

走り回っていた子どもたちは、びっくりして集まってきた。

「料理のお兄ちゃん、これすごいなあ！」

と、口々に感嘆の声を発しているではないか。

きっと、あの子たちは、この日の魚料理を目にしっかり刻んだことだろう。

そして、大人になってからも、何かの折にふと、この料理を思い出してくれたらありがたい。

単純って思うかもしれないけど、こんなことが、僕の考えている「食」のエンターテイメントである。

二八〇〇円の魚料理の材料費が五万円以上になった（笑）。

●心を込めるとは
一杯のご飯をどれだけ心を込めてよそうことができるか
どれだけ心を込めてお茶を入れることができるか

料理に心を込めることを大切にしたい。いつも、それを考えている。

僕は、店のスタッフにご飯をよそってもらうとき、そのスタッフの人間性がだいたいわかる。白いご飯を白い茶碗によそうのは、とにかく難しい。

何の変哲もない、白い、ただのご飯に、どれだけ心を込められるか。美味しく見せられるか。

一回でさっとよそうヤツ、無造作に山盛りよそうヤツと、さまざまである。

僕は、まず軽くしゃもじ一杯、そしてもう少しだけ加え、最後に軽くまん中にフックラ見せるために乗せる。また、茶碗の縁にご飯粒がついていないか、お米の粒は潰れていないかなどに気を使う。そんなちょっとしたことが、人をもてなす、心を込めるということではないかと思う。

お母さんたちが子どもに料理を教えるなら、ぜひ、一杯のご飯を心を込めてよそうことを教えてほしいと思う。何よりも料理を上達させることだし、一杯のご飯をいただくありがたさもわかると思うから。

僕は日本茶が好きだ。店では仕事の合い間にティーバッグのお茶を飲んでいる。

カップにティーバッグを入れて、ホールの女の子に「お湯を入れてくれる?」と

頼むことが多い。

ひとりは、そのままお湯を入れて渡す。

ひとりは、少しバッグをチョンチョンとして渡す。

ひとりは、少しバッグをチョンチョンとして、バッグを捨てて渡す。

ひとりは、「シェフは濃い方が好きですか?」と聞いてから濃さを調整して渡す。

いずれも僕のためにプライベートでしてくれていることだから、何も言わない。

ただ、「ありがとう」と言って受け取っている。どれもこれも彼女たちのやさしい

白いご飯をお茶碗に心を込めて よそうことを教えてほしい

一杯だ。

僕は、「ありがとう」と言ったその言葉から、今度はシェフにもっと美味しいお茶を入れてあげようと思ってもらえたら何よりうれしい。

感謝の言葉は、必ず人を変えていくと信じている。

●雑な感じの料理

パセリの振り方や添え方が雑であれば完全にダメ
箸の置き方でも、気持ちがこもっているかがわかる

僕は基本的に弟子が作ったもので、味付けで多少のミスがあってもそんなに怒らない。でも、雑な感じの料理を作ったら作り直しをさせる。

例えば、パスタひと皿であっても、パセリの振り方や添え方が雑であればどんな

に味が良くても完全にダメである。そのようなところには、かなり気を遣っているつもりだ。

また、箸の置き方でも、気持ちがこもっているかどうかがわかる。

お客さんも、箸をバラッと置かれたら食べる気がしないだろう。それだけでアウトだ。

自分で料理を作っていると、人が作ってくれたものがすごくありがたく感じられる。

よく料理人の夫を持つと、味がうるさくて大変じゃないかという人があるが、僕は逆だと思う。本当に人の作ってくれた料理はありがたい。

僕は何でも「おいしい」と言って食べるので、妻は僕の好物を知らない……。

それから、ほんとうに家庭の主婦はすごいと思う。冷蔵庫にあるものを短時間で、狭い空間の中で作る主婦は一番の料理人だ。

●買ったバイクのために

今ある現実は、何年か前に夢見た自分の姿である
夢は必ず現実になると信じている

子どものころの夢が大人になってそのまま実現するケースは少ない。しかし、僕が作った、いつも大切にしている言葉に「現実は夢から始まる」というのがある。自分自身を振り返ってみるとき、今ある現実は、何十年か前に夢見た自分の姿である。夢は必ず現実になると信じている。

レストラン経営中のある出来事を思い出す。

アルバイトを募集したところ、中年の女性がやってきた。

「あの……若い人を募集しているんですが……」

と、僕がおそるおそる言うと、

「わかっています。十七歳の息子を使ってもらいたいのです」

何という過保護か。

「本人は来ないのですか」と聞くと、

「家にいます」と言う。

「本人に、一人で面接に来させてください。または同伴で来てください。そしたら話を聞きます」

と言って、引き取ってもらった。

次の日、本人がひとりでやって来た。

「何で、うちの店で働きたいの？」

と聞く。彼は、僕に目も合わせない。

「料理が好きで、料理人になりたいんです」

きっと、面接でそう言うように親に言われたのだろう。

理由なんて何でもよかったのだが、ウソだとわかったので、「三日後に返事するから」と帰ってもらった。

ところが、次の日、母親が再びやってきたのには驚いたというか、参った。

「何としても雇ってほしいのです。お願いします」

これまで一年間、働きもせずブラブラしている、いわゆるニートらしい。

「どうしても本人が料理人になりたいとは感じられないのですが……」

そこまで言われた母親は、本当のことを打ち明けた。

「実は、『バイクを買ってくれるなら働く』と言うものですから。でも本当のことを言ったら、たぶん雇ってくれないと思ったのでウソを言いました」

母親は率直にそう打ち明けた。僕は母親に言った。

「お母さん、いいじゃないですか。はっきりした夢を持っているじゃないですか。いいですよ、働いてもらいましょう」

「そうですか。ありがとうございます」

母親は、「ありがとうございます」と三度も言った。

いま流行のニートという言葉の主役に、まさか自分の息子がいるなんて、母親にとっては信じられないかもしれない。

しかし、現実に親の力ではどうにもならないケースが多いと聞く。

他人から見ると、「バイクを買ってやるかわりに働いてくれ」とわが子に言う親を愚か者というかもしれないが、それもまた現実である。

「何であれ、夢があるということはいいことですよ。お母さんは、働いてお金が貯まってからだ、と言っていますが、バイクは今すぐ買ってあげてください」

と僕は言った。彼には、夢と現実をすぐに見せてあげないとダメだと思ったからだ。

僕はこんな提案をした。

「ローンで買って、自分の給料で払わせてください」

その提案を彼はのんだ。買ったバイクのために、毎日汗まみれになって働き、帰りは喜々としてバイクに乗っていく。おそらく、帰路は遠回りして街乗りするのだろう。

一年たち、ローンの支払いも終わったころ、彼はタマネギ一〇個を三分でスライスできる腕まで身につけていた。

現在彼は、大手ホテルのスーシェフを務めている。

●今、何がしたいのか

「ゴール＝成功」ではない。「ゴール＝体験」だ
とにかく、道を歩き始めないと何も始まらない

ニートの人に、「何でニートやってるの？」と聞けば、

「やりたいことがあるけど、臆病になっている」

と言う。また、

「いろいろ迷っているうちに、ニートになった」

と。彼らは「ゴール＝成功」と思っている。成功を追っているために、なかなかチャレンジできないのが現状ではないかと僕は感じている。

だから、「ゴール＝体験」と考えれば、彼らはもう少しラクにチャレンジできるのではないだろうか？

僕には仕事をしないで生きていくなんて考えられない。彼らの気持ちがよくわからないが、一般論ではなく、ちょっと違う方向から見てみたい。

仕事というものは、やり始めたら自然に目標が出てくるものであると思う。最初から目標をきっちり決めていたら、一歩前進できないのではないか。道はまっすぐに続いているものではないのだから。

まず、自分に問いかけてみてほしい。

「今、何がしたいのか」で、

「今、何ができるのか」じゃない。

何も始めなければ、何も決まらない。

道を歩いていると、右に行くか、左に行くか、必ず決断を迫られる場面がある。

自分で、その場で決めた道を歩いて行き、疲れてきたら止まってゴールはどこか探す。

それが最終目標なのかもしれないし、もう少し遠くまで行こうとするかもしれない。

とにかく、道を歩き始めないと何も始まらない。

行動を起こすことが、すべてではないだろうか。

もう少し頭を柔らかくしたらどうだろう。

一日、何の目標もなく歩いて、何か目に止まったらちょっとのぞいたりすることがあると思う。興味があるところでお店のショーウインドをのぞいてみたり、興味がなければ素通りしてみたり。そんな感じでいいのではないかと思う。

人間って基本的に好きなことをやって生きていければ一番幸せだ。

とにかく、怖れずにやってみること。

人生に取り返しのつかない失敗というものはないと思っている。

失敗したって、その失敗さえ一つの貴重な経験になるのだ。

それは決して失敗ではない。

●その仕事、好きなの？

やると決めたのだから、とりあえずやってみたらいい
でもその仕事が好きじゃないと思ったら、すぐやめた方がいいよ

就職の相談を受けた店のアルバイトの十八歳の男性が、理学療法士の勉強のために専門学校に通うことになった。好感のもてる、さわやかな奴だ。

「その仕事好きなの？」

と聞いたら、彼は言う。

「将来を考えると、老人が増えてくるので、その分野の需要がどんどん高まるから」

将来の安定だけを考えて、十八歳で決めてしまうのなど、ちょっと寂しい気がしたけれど、でもやると決めたのだから、とりあえずやってみたらいいと言った。

「その仕事が好きじゃないと思ったら、すぐやめた方がいいよ」

と僕は言ってしまったが、若いうちはどんどんトライしていいのではないか。

これがダメだったから、すぐに次を探すという気持ちさえあれば、それが目標探し、可能性探しなのだから、若いころはそれでいいと思う。

イヤな仕事をずっと続けていっても、身につかないと思う。好きな仕事でないと。

若いころは、それを探せる年代だし、それが若い人の特権だから。時間を大切にしてほしい。

十代の終わりから二十代のはじめの間にいろいろな経験を積み重ねる。

「これは本当に自分が好きな仕事か」

とチェックするのがその年代だろう。甘いと思う人もいるだろうが、あえて言わせてもらう。

その間に与えられた時間をムダに過ごさないようにしてほしいと思っている。

仕事は、好きかきらいか、でいい

●決めつけないで

偏見にとらわれず、その本質に真剣に問いかけていけば若者たちは心を閉ざさない

十数年前、道を歩いていると向こうからガングロギャルの高校生が二人、タバコをくわえて大声でしゃべりながらやってきた。

ヘンなおやじだと疑われるのではと、ちょっとためらったが、探しているものがあったので、彼女たちに店の名前をいって聞いてみたことがある。

「ちょっと、あの〜。おたずねしますけど……。

この辺にある釣り道具屋さん、ご存じありませんか?」

それまでおやじの年代から敬語など使われたことはないのだろう。

彼女たちの顔がパッと変わった。

ガングロギャルの顔から真面目な高校生になっていた。

とっさにタバコを後ろに隠して答えた。

「あ、ちょっとわかりませんけど。ご存じありませんです」

「ああ、どうもありがとうございました」

たったそれだけの会話で別れたが、彼女たちの表情がとても新鮮で、いいなあと感じた。大人がきちんとした丁寧な言葉遣いをすれば、彼女たちもそれに応える。

つまり、大人が子どもたちにどんな対応をするかである。

偏見にとらわれず、その本質に真剣に問いかけていけば、若者たちは心を閉ざさない。

相手の生き方をしっかりと受け止め、認めたうえで、真正面から話し合う姿勢が、大人の側に必要なのではと思う。

●たった一人じゃないんだ

寂しくて死にたいと思ったら自分の手を見てほしい
手には思い出がたくさん詰まっている。忘れられないことが次々に浮かぶ

僕は、何時間ひとりぼっちでいられるか、最近実験してみた。ある意味、得意分野だけど（笑）。

店を終わって十時間半、寝ないで過ごした。

朝七時になってお腹がすいたのでコンビニに行った。コンビニで話しかけられたら、そこで人間関係ができるから、こっそりパンを買ってきて食べようと思った。

急いでコンビニを出たときレシートを落とした。すると、後ろから来た人に「何か落ちましたよ」と言われ、その時点でひとりぼっちではなくなった。

この例からもわかるように、現代社会に生きる人たちは、なかなかひとりにはさせてもらえないのが実情である。それなのに、ひとりぼっちで寂しいと訴える人が

多いのは、どうしてだろうか。本当の意味でひとりぼっちって何なんだろう。

夜、だれもいない真っ暗な部屋で、たったひとりでユニットバスにつかって野菜ジュースを飲んでいる。こんなことが寂しいのかなあと思いながら缶ジュースの絵を見ていたら、「これは誰が描いたんだろう」「このジュースは誰が作ったんだろう」「あっ。カゴメ。社員が一杯いるんだろうな」「ジュースを作るには、どれだけの人が関わったんだろう」などと考えているうちに、僕のいる周囲の歯ブラシや石鹸までに思いが及んでいった。

こんなことを繰り返しているうちに、ひとりでいることとさえ忘れてしまう。

「ひとりぼっちで電車に乗って……」ってよく言うけど、なかなか電車にひとりで乗せてもらえないよ。ほら、必ず誰か一緒に乗っているよね。

だから、たったひとりじゃないんだ。そう僕が言ってみても、もう周りに何もなく寂しくて、今すぐにも死にたいと思っている人がいるかもしれない。

そんなとき、自分の手を見てほしい。

僕は料理をしていたから、手にたくさんの傷がある。

手には思い出がたくさん詰まっている。

「ああ、この手、ずっと自分と一緒だなあ」

ずっと一緒に来たんだと思うと、手が無性に可愛くなってしまう。

手は、いつだって自分と一緒にいてくれたんだと。

切羽つまってしまった人にも、死んでほしくない。

手をじっと見ていたら、その手から楽しかったこと、忘れられないことが次々に浮かんでくるだろう。あんなに素晴らしかった自分がそこにはあったはずだ。

〝ひとりぼっち〟で寂しい?
なかなかひとりぼっちにさせてもらえないよ……

●よく生きてきたね

カッコつけなくても、一所懸命生きなくても、
「生きること」自体が生きること

僕のこれまでの人生は、生き抜くことしか考えなかった。
「よく生きてたね」と言われるほど、かなりギリギリのところを生き抜いてきた。
そして、人間はひとりぼっちじゃないことを教えられてきた。
それが僕の人生の大きな糧になっている。
僕の人生はマイナスからだったから、とにかくゼロにしたかった。
ゼロにすることは、僕にとって与えられた命を生きていくことだった。
本当に僕はいろいろな方々に助けられて生きてきた。
相手の方は僕を助けたなど、意識していないかもしれない。
でも、僕はその方々のお陰で命永らえている。

「ありがとう」という言葉が最近とくに好きになっている。

僕の店には、いつも聴覚障害者の方々がたくさん見える。僕はその方々に、たくさんのエネルギーをもらっている。

食事をして帰る間際に、イラストつきの感謝のメッセージを手渡してくれる。

「サービスのこと。ありがとうございました。かぼちゃティラミス一〇〇%おいしかった！」など。

そんなとき、もっと美味しいものを作らなければと力を与えてもらう。

もっとお客さんに喜んでいただかなければ、と強く感じる。

最近、手話の勉強もしている。

手話がもっともっと広がり、レストランでも日常のこととして、手話が通じるようになったらいいね。

●会いに来てよ！

生き抜いて、生き抜いて、そして少しだけ強くなれたら
そのつらさを感謝に変えることができるから

人はよく、死に急ぐ人に対して、

「生きていれば、もしかしたらいいこともあると思うよ」とか、

「生きていれば、きっと楽しいこともあると思うよ」

と言う。しかし、これから死のうという人に対して、「もしかしたら」とか「きっと」はない。だから、僕は言いたい。

「生きていれば、絶対、いろいろな人と巡り合える」と。そしてあなたの近くにもそんな人がいたら、絶対にこれからあることだけを伝えてほしい。

今、空白のアルバムには、必ず写真が貼られるようになれる。

もし、今、自殺を考えている人がいたら、古いアルバムを開いてほしい。

ほとんど一人じゃないはずだ。必ず誰かと一緒だったり、仲間みんなと笑って写っているはずだ。

自分でそのアルバムに貼る写真を、途中で止めてはいけないよ。

気が向いたら、会いに来てよ！

一緒に料理を作ろうよ！


僕の店の従業員七人のうち、五人が片親である。

とくに、十代のアルバイト三人が片親である。

これも不思議な縁である。

その子たちは両親が離婚して、どちらかに育てられているが、みんな素晴らしく素直だし、明るい。ときとして、僕が親代わりをしているような気持ちになることもある。

命は授かったものだということを忘れないでほしい。

少しだけ強くなれたら
そのつらさを感謝に変えられる

生き抜いて、生き抜いて、そして少しだけ強くなれたら……。

そのつらさを感謝に変えることができるから。

これまで僕が出会ったすべての人々に、心からの感謝を込めて、

「ありがとう！」

と言わせてほしい。

エピローグ

〝ありがとう〟の言葉は数えきれない

最近、ある人から「この世にいない人を供養するというのは、決してお墓を訪れたりすることだけではない。いつも心の中で思い出して感謝することも大事」と教えていただいた。

皆さんのかけがえのない人が、もしこの世にいなかったら思い出してあげてほしい……。人が今を生きていることは、すべて自分に命を授けてくれた人がいたからである。そのことへの感謝を忘れないで！

そして今、もしあなたの大切な人がこの世にいるのなら〝絶対会わなきゃだめ！〟

今、あなたがご両親と離れて暮らしているのなら……

田舎におじいちゃんおばあちゃんがいるのなら……

一日しか一緒にいられなくてもいい、
一時間しか会えなくてもいい、
とにかく会って話をしてほしい。
いなくなってしまったら何もできない。
思うことは永遠にできるのだから……。

今まで僕はすべてを真実で綴ってきた。

この本はすべてを真実で綴りたい……。

だからきれいごとは言いたくない。だからあえて言う。

僕は今でも実の父を好きではない……。

きっとこれからも好きになることはないだろう。

ただ、これだけは言える。こんな僕でさえ今は素直に、どこかで生きているであろう、自分に命を授けてくれた父と会いたいと思う。

これまで僕はたくさんのかけがえのない人に巡り逢うことができた。

そしてたくさんの人達の優しさに助けられ、今を生きている。

〝ありがとう〟の言葉は数えきれない。


毎年、年末に流行語大賞がある。

〝ありがとう〟の言葉が選ばれた年は、人々はきっと優しい笑顔で次の年を迎えられるのではないだろうか……。

でもこれは永遠語大賞ですね……。

ありがとう
あなたがいてくれたから……

本書は二〇〇六年一〇月に弊社で出版した
新書判を単行本として改訂したものです。

そして今、あったかいラーメンを作っています

著　者　　石塚　和生
発行者　　真船美保子
発行所　　KK ロングセラーズ
東京都新宿区高田馬場 2-1-2　〒 169-0075
電話（03）3204-5161(代)　振替 00120-7-145737
http://www.kklong.co.jp

印　刷　　中央精版印刷(株)
製　本　　(株)難波製本
落丁・乱丁はお取り替えいたします。※定価と発行日はカバーに表示してあります。
ISBN978-4-8454-2444-3　Printed In Japan 2019